도깨비 감투

글 배효정 ┃ 그림 김경아

옛날 어느 마을에 갓*을 만들어 파는 사람이 있었어요.
"에잇, 하루 종일 쉬지 않고 갓을 만들어도
가난한 건 똑같으니 일할 맛이 안 생겨."
갓장이*는 갓을 만드는 내내 투덜거리며 불평을 했어요.
마침 도깨비가 나무 위에서 갓장이를 내려다보고
히죽히죽 웃었어요.

*갓 : 옛날, 어른이 된 남자가 머리에 쓰던, 말총으로 만든 쓰개의 한 가지.
*갓장이 : 갓을 만들거나 고치는 일을 하는 사람.

"갓 만드는 일은 정말 너무 힘이 들어."
갓장이는 계속 투덜투덜 신세 타령*을 하였어요.
자신의 처지를 돌아보니 한심한 생각뿐이었어요.
불평만 하니 갓이 잘 만들어질 리가 없었지요.
그나마 만든 갓은 자꾸 비틀어지기만 했어요.
"이놈의 갓이 이젠 말도 안 듣네."
갓장이는 화를 내며 갓을 방바닥에 휙 던졌어요.

*신세 타령 : 자신의 불행한 처지를 한탄하여 이야기함.

7

"왜 죄 없는 갓에 화풀이를 하고 그래?"
갑자기 갓장이 앞에 도깨비가 나타나 말했어요.
"남이야 뭘 하든 무슨 참견이오?"
갓장이는 무심결에 대꾸를 해 놓고는
뒤늦게 도깨비라는 것을 깨닫고 뒤로 벌렁 자빠졌어요.
"으악, 갓장이 살려!"
"호들갑* 떨기는! 안 잡아먹을 테니 안심하게."
하지만 갓장이는 안절부절못하며 어쩔 줄 몰라했어요.

*호들갑 : 방정맞게 떠벌리는 짓.

가까스로 정신을 차린 갓장이가 물었어요.
"그런데 도깨비가 나한테 무슨 볼일이 있소?"
"아저씨의 소원을 풀어 주려고 왔지."
도깨비는 감투에 입김을 호호 불며 말을 이었어요.
"투덜거리지만 말고 얼른 소원이나 말해 봐."
"아, 소원이야 많지요! 무엇보다 갓 만드는 일을
하지 않고 놀고 먹을 수는 없을까요?"

갓장이는 갓 만드는 일이 너무 힘들다며
주절주절 불평을 늘어놓았어요.
도깨비가 고개를 천천히 끄덕이며 말했어요.
"나한테 좋은 방법이 있지.
앞으로 이 갓을 쓰고 다니게.
그러면 자네의 소원이 이루어질 거야."
도깨비는 들고 있던 감투*를 갓장이에게
씌워 주고는 휭! 하고 사라져 버렸어요.
갓장이는 어리둥절해하며 감투를 만져 보았어요.

*감투 : 지난날, 벼슬하던 사람이 머리에 쓰던 것.

"대체 이 감투가 어떻게 소원을 들어 준다는 거야?"
갓장이는 여전히 불평을 멈추지 않았어요.
"이 감투가 돈을 주나, 배를 부르게 해 주나?"
마침 갓장이의 아내가 방 안으로 들어왔어요.
"이 양반이 갓은 만들다 말고 어디를 갔나?"
갓장이의 아내는 방 안을 휙휙 두리번거렸어요.
"나 여기 있잖소! 할망구가 이제 눈이 멀었나?"
"에구머니! 빈 방에서 말소리가 다 나네?"

15

갓장이는 슬슬 화가 나기 시작했어요.
그래서 아내에게 다가가 버럭 소리를 질렀어요.
"이래도 내가 정말 안 보인단 말이야?"
하지만 아내는 눈만 끔뻑거릴 뿐이었어요.
갓장이는 너무 답답해 감투를 벗으며 얼굴을 확 내밀었어요.
"설마, 이젠 보이겠지!"
"아이고, 깜짝이야! 당신 언제 들어왔수?"
그 순간 갓장이는 무릎을 탁 쳤어요.
'히히히, 이제 알았다. 도깨비가 거짓말을 한 건 아니로군.'

갓장이는 얼른 감투를 아내의 머리에 씌워 보았어요.
그러자 아내의 모습이 순식간에 사라졌지요.
"그럼, 그렇지! 이건 도깨비감투가 분명해."
갓장이는 매우 기뻐했어요.
"이 양반이 뭘 잘못 드셨나,
왜 여자에게 감투를 씌우고 난리예요?"
갓장이의 아내는 무슨 영문인지 몰라
방문을 쾅! 닫고 밖으로 나가 버렸어요.

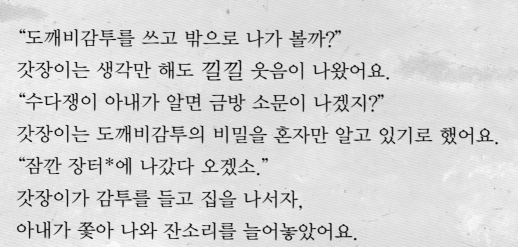

"도깨비감투를 쓰고 밖으로 나가 볼까?"
갓장이는 생각만 해도 낄낄 웃음이 나왔어요.
"수다쟁이 아내가 알면 금방 소문이 나겠지?"
갓장이는 도깨비감투의 비밀을 혼자만 알고 있기로 했어요.
"잠깐 장터*에 나갔다 오겠소."
갓장이가 감투를 들고 집을 나서자,
아내가 쫓아 나와 잔소리를 늘어놓았어요.
"갓은 만들지 않고 장터엔 왜 가신대요?"
"잠자코 있게나. 좋은 일이 생길 거야."

*장터 : 장이 서는 곳.

20

갓장이는 장터에 가는 길에 잔칫집부터 들렀어요.
'먼저 배부터 채우고 가야겠다.'
감투를 쓴 갓장이는 상 위에서 맛있는 음식만 골라 먹었어요.
갓장이는 배가 부르자 슬슬 따분해졌어요.
그래서 옆에 앉은 양반의 머리를 한 대 쥐어박았지요.
"아니, 왜 남의 머리를 쥐어박고 난리야?"
머리를 얻어맞은 양반이 옆 사람의 멱살*을 잡고
소리쳤어요.
'이거 재미있는걸?'
갓장이의 장난 때문에 잔칫집은 금세
수라장*이 되고 말았어요.

*멱살 : 목 아래에 여민 옷깃.
*수라장 : 전쟁이나 그 밖의 일로 인해 큰 혼란 상태에 빠진 곳.

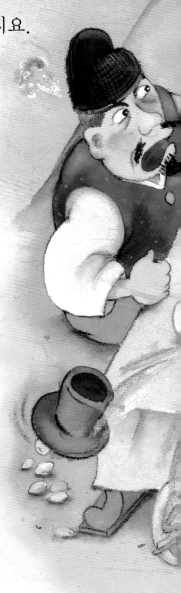

23

갓장이는 얼른 장터로 달려갔어요.

그러고는 필요한 물건을 훔치기 시작했어요.

"이것도 좋고, 저것도 좋네! 이제 나는 부자다!"

장사꾼들은 물건이 없어지는 것을 전혀 눈치채지 못했어요.

"아, 훔치는 일도 힘들구나. 좀 쉬어야지."

갓장이는 길 한 구석의 모닥불 옆에 주저앉았어요.

그 때 갑자기 바람이 휙 불면서 불똥이 날아들었어요.

그런데 하필이면 불똥이 감투에 구멍을 내 버렸지 뭐예요!

"에잇, 재수 없게 이놈의 불똥이 감투에 날아들 게 뭐람!"
집으로 돌아온 갓장이는 아내에게 갓을 꿰매라고 말했어요.
갓장이의 아내는 갓을 꿰매며 중얼거렸어요.
"다 찌그러지고 구멍 뚫린 감투가 뭐가 그리 좋다고
하루 종일 보물 단지처럼 가지고 다니나 몰라?"
갓장이의 아내는 구멍난 갓을 흰 실로 촘촘히 꿰매어 놓았어요.
"여기 있수. 제발 게으름 피우지 말고 열심히 갓이나 만들어요."

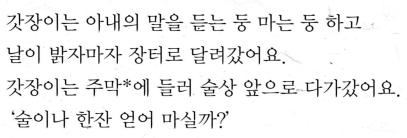

갓장이는 아내의 말을 듣는 둥 마는 둥 하고
날이 밝자마자 장터로 달려갔어요.
갓장이는 주막*에 들러 술상 앞으로 다가갔어요.
'술이나 한잔 얻어 마실까?'
갓장이는 술상에 있는 술잔을 들고 벌컥벌컥 마셨어요.
"어? 누가 내 술을 훔쳐 마시고 있어."
사람들은 술잔이 저절로 비어지자 깜짝 놀랐어요.
그 때 하얀 실이 공중에서 어른거렸어요.
"저 실 좀 보게! 실이 술을 마시고 있어."
"얼른 도망가야지. 잘못하면 큰일나겠어."

*주막 : 시골의 길목에서 술이나 밥 등을 팔고 나그네를 재워 주던 집.

28

갓장이는 재빨리 도망을 쳤어요.
그러자 하얀 실이 둥실둥실 떠 갔어요.
"저 술 도둑을 잡아라!"
사람들이 몽둥이를 들고 쫓아왔어요.
갓장이가 허둥거리다가 넘어지는 바람에
감투가 훌렁 벗겨지고 말았지요.
"네 이놈, 네놈 짓이었구나."
갓장이는 사람들에게 붙잡혀 흠씬* 두들겨 맞았어요.
갓장이는 그제야 잘못을 깨닫고,
갓을 만드는 일에 만족하며 열심히 살았답니다.

*흠씬 : 정도가 아주 심하게.

도깨비 감투

내가 만드는 이야기

아이들이 들려 주는 이야기를 들어 본 적이 있나요?

그 이야기 속에는 아이들의 무한한 상상력과 창의력이 담겨 있음을 발견하게 될 것입니다.

번호대로 그림을 보면서 앞에서 읽었던 내용을 생각하고,

아이들만의 상상력과 창의력이 표현된 이야기를 만들어 보게 해 주세요.

도깨비 감투

옛날 옛적 도깨비와 감투 이야기

도깨비감투는 사람이 쓰면 보이지 않는 신기한 감투입니다.

먼 옛날 한 갓장이가 하루 종일 몸을 구부리고 갓을 만드는 일을 싫어하던 차에 도깨비한테서 도깨비감투를 얻습니다. 그리고 감투를 쓰고 투명 인간이 되어서 가게의 물건을 훔치거나, 남의 잔칫집에 가서 음식을 훔쳐 먹으며 '놀고 먹는' 생활을 하게 되지요.

하지만 감투에 불똥이 튀어 구멍이 생기고 이것을 갓장이의 부인이 꿰매어 주지만, 하얀 실밥 자국 때문에 사람들에게 들켜 망신을 당하고 맙니다. 결국 〈도깨비 감투〉는 누구나 신기한 도깨비감투가 손에 들어오면 나쁜 짓을 하게 되고 불행한 결말을 맞이한다는 내용으로, 큰 행운이나 요행을 바라지 말고 자신의 일에 만족하고 최선을 다할 때 삶의 행복과 보람이 찾아온다는 교훈을 주고 있답니다.

〈도깨비감투〉의 주인공 갓장이는 갓을 만드는 사람입니다.

갓은 옛날 양반들이 쓰던 모자라고 생각하면 되는데, 챙 부분은 얇게 쪼갠 대나무로 만들고 위부분의 모자 부분은 말총을 엮어 만듭니다. 대나무와 말총으로 갓을 엮고 나면 비단으로 갓끈을 달고 옻칠을 해서 마감하지요. 옛날 사람들은 남자들도 머리를 길러 상투를 틀었는데, 이 때 머리카락이 흘러내리지 않도록 모자 모양으로 생긴 망건과 탕건을 썼답니다.

▲ 옛날, 선비들이 쓰던 감투의 한 종류.